人类和植物一样幸福
爱情和雨水一样幸福

《活在珍贵的人间》1985.01.12

我的孤独
如天堂的
马匹

海子情诗

海子 —— 著

插图珍藏本

天地出版社 | TIANDI PRESS

前言

我的孤独如天堂的马匹

"我的孤独如天堂的马匹。"(《七月不远》)

孤独的海子,已经离开我们近30年。他的感情世界已无从探究,好在留下了为数不少的情诗。现在,我们把这些诗搜集整理到一起,编成这本小册子。

海子敏锐、早慧,爱情中的酸甜苦辣,在他的笔下千姿百态。比如,"姐姐,今夜我不关心人类,我只想你"(《日记》)。多年前读到这个句子,简单、干净,淡淡的哀伤笼罩在德令哈的夜空。比如,"我请求熄灭,生铁的光、爱人的光和阳光""雨是一生错过,雨是悲欢离合"(《我请求:雨》)。有时候,海子的笔下,又流露出一种求而不得的热望:"我相信有人正在慢慢地艰难地爱上我"(《给你》)——真有这么一个人吗?

这些三十多年前的空谷回音,依然流淌着青春炽热的气息。里面的怅惘、悲伤、迷茫、甜蜜,依然能带给我们感动和希望,关于爱情,关于理想。

诗歌之外,海子也会画画。他留下的几幅画墨香浓郁,构图抽象,如十九世纪的欧陆版画。所以,我们也从麦绥莱勒的几百幅版画中,挑选出符合海子诗歌气质的部分画作,进行了再创作,作为这本书的插画。这样,就多了一个进入海子精神世界的窗口。

我们希望你能通过这本书,重新发现"面朝大海,春暖花开"背后,另一个隐秘的海子,也能借此机会,重新发现那个隐秘的自己。

目录

许许多多告别，被你照耀 1984—1985

新　娘 _002

爱情故事 _005

跳跃者 _007

女孩子 _009

海上婚礼 _012

妻子和鱼 _014

燕子和蛇（组诗）_017

活在珍贵的人间 _030

你的手 _032

得不到你 _034

中　午 _036

北方门前 _039

写给脖子上的菩萨 _040

粮　食 _043

我请求：雨 _044

打　钟 _046

莲界慈航 _048

城　里 _050

九盏灯（组诗）_053

春　天 _058

八月的泉水，穿越了山冈 1986

无　题 _ 062

歌：阳光打在地上 _ 065

在昌平的孤独 _ 067

半截的诗 _ 070

爱情诗集 _ 071

幸福（或我的女儿叫波兰）_ 072

我的窗户里埋着一只为你祝福的杯子 _ 074

八月尾 _ 077

葡萄园之西的话语 _ 079

感　动 _ 082

肉　体（之二）_ 084

大自然 _ 088

海子小夜曲 _ 090

莫扎特在《安魂曲》中说 _ 092

给　你（组诗）_ 095

谣　曲（四首）_ 102

给 B 的生日 _ 106

我感到魅惑 _ 109

北斗七星　七座村庄 _ 112

黄金草原 _ 114

七月不远 _ 116

云　朵 _ 119

九　月 _ 121

我有三次受难：流浪、爱情、生存　1987

给安庆 _ 124

野　花 _ 126

日　出 _ 128

长发飞舞的姑娘（五月之歌）_ 130

灯 _ 132

献　诗 _ 136

十四行：王冠 _ 138

十四行：玫瑰花 _ 141

十四行：玫瑰花园 _ 143

秋 _ 145

为什么你不生活在沙漠上 _ 146

眺望北方 _ 148

夜　色 _ 152

跳伞塔 _ 153

冬　天 _ 156

日　记 _ 159

面朝大海，春暖花开 _ 162

四姐妹 _ 164

黎明和黄昏 _ 167

献给太平洋 _ 174

献　诗 _ 175

代后记 _ 177

许许多多告别，
被你照耀

1984—1985

新　娘

故乡的小木屋、筷子、一缸清水

和以后许许多多日子

许许多多告别

被你照耀

今天

我什么也不说

让别人去说

让遥远的江上船夫去说

有一盏灯

是河流幽幽的眼睛

闪亮着

这盏灯今天睡在我的屋子里

1984.07

过完了这个月,我们打开门

一些花开在高高的树上

一些果结在深深的地下

爱情故事

两个陌生人

朝你的城市走来

今天夜晚

语言秘密前进

直到完全沉默

完全沉默的是土地

传出民歌沥沥

淋湿了

此心长得郁郁葱葱

两个猎人

向这座城市走来

向王后走来

身后哒姆哒姆

迎亲的鼓

代表无数的栖息与抚摸

两个陌生人

从不说话

向你的城市走来

是我的两只眼睛

跳跃者

老鼻子橡树

夹住了我的蓝鞋子

我却是跳跃的

跳过榆钱儿

跳过鹅和麦子

一年跳过

十二间空屋子和一些花穗

从一口空气

跳进另一口空气

我是深刻的生命

我走过许多条路

我的袜子里装满了错误

日记本是红色的

是红色的流浪汉

脖子上写满了遗忘的姓名，跳吧

跳够了我就站住

站在山顶上沉默

沉默是山洞

沉默是山洞里一大桶黄金

沉默是因为爱情

女孩子

她走来

断断续续地走来

洁净的脚印

沾满清凉的露水

她有些忧郁

望望用泥草筑起的房屋

望望父亲

她用双手分开黑发

一枝野樱花斜插着默默无语

另一枝送给了谁

却从没人问起

春天是风

秋天是月亮

在我感觉到时

她已去了另一个地方

那里雨后的篱笆像一条蓝色的

小溪

海上婚礼

海湾

蓝色的手掌

睡满了沉船和岛屿

一对对桅杆

在风上相爱

或者分开

风吹起你的

头发

一张棕色的小网

撒满我的面颊

我一生也不想挣脱

或者如传说那样

我们就是最早的

两个人

住在遥远的阿拉伯山崖后面

苹果园里

蛇和阳光同时落入美丽的小河

你来了

一只绿色的月亮

掉进我年轻的船舱

妻子和鱼

我怀抱妻子

就像水儿抱鱼

我一边伸出手去

试着摸到小雨水,并且嘴唇开花

而鱼是哑女人

睡在河水下面

常常在做梦中

独自一人死去

我看不见的水

痛苦新鲜的水

流过手掌和鱼

流入我的嘴唇

水将合拢

爱我的妻子

小雨后失踪

水将合拢

没有人明白她水上

是妻子水下是鱼

或者水上是鱼

水下是妻子

离开妻子 我

自己是一只

装满淡水的口袋

在陆地上行走

燕子和蛇（组诗）

1- 离 合

美丽在春天

疼成草叶

一种三节的草

爱你成病

美丽在天上

鸟是拖鞋

长草的拖鞋

嘴埋在水里

美丽在水里

鱼是草的棺材

一种草

一种心尖上的草

美丽在草原上

枕着鹿头

2 - 三位姑娘

——写给莱蒙托夫不幸的爱情

我看见

莱蒙托夫的旧报纸上

三只燕子

三只肉体的燕子

使我的灯光

受伤

用手指推推

不醒的

你自己

扶着自己

像扶着一匹笨马

用手指推推身边的燕子：我不是

灯,我是火灾

燕子交叉地

穿过

诗人的胳膊

落入家具的间间新房

只当诗人就是笨马

过早地死在□上 ①

---

① 原稿中有脱字。

3- 包谷地

丑女人脊背上有条条花蛇

花蛇滑下,她就坐在那儿繁殖包谷

幸福又痛苦

我要说

没有男人能配得上她

丑女人脊背上有种种命运

命运降临,她只坐在那儿繁殖包谷

河水泛滥流过无数美丽的女人

我要说

没有女人能比得上她

4 - 母亲的姻缘

一碗泥

一碗水

半截木梳插在地上

母亲的姻缘

真是好姻缘

村庄,村庄

木桶中女婴摇晃

村庄,村庄

母亲的姻缘

真是好姻缘

鱼尾之上

灯盏敲门

一团泥巴走进屋来

母亲的姻缘

真是好姻缘

白鱼流过

桃树树根

嘴唇碰破在桃花上

母亲的姻缘

真是好姻缘

秤杆上天空的星星压住

半两土

半两雪

母亲的姻缘

真是好姻缘

她沉在何方

谁也不清楚

村庄中一枚痛苦的小戒指

母亲的姻缘

真是好姻缘

5 - 手

离开劳动

和爱情,我的手

变成自我安慰的狗

这两只狗

一样的

孤独

在我脸上摸索

擦掉泪水

这是不是我的狗

是不是我最后的家乡的狗?

6 - 鱼

村民像牛一样撞进屋子,亲他的妻子

又数着

十二粒麦种

内陆深处

我跪在一条鱼身上

整个村庄是我的儿子

再长的爱情也不算久

噢你刚好被我想起

我在鱼身上写下少女的名字

一边询问一边自己回答

女巫的嘴唇一开一合

真诚的爱情

真诚的爱情错误百出

整个村庄是你的儿子

河流噢河

再美的爱情也不像花朵

人类的泪水养家糊口

人类的泪水中

鱼群像草一样生长

泪水噢河

整个村庄是我们的儿子

村民像牛一样撞进屋子，亲他的妻子

活在珍贵的人间

活在这珍贵的人间

太阳强烈

水波温柔

一层层白云覆盖着

我

踩在青草上

感到自己是彻底干净的黑土块

1985.01.12

活在这珍贵的人间

泥土高溅

扑打面颊

活在这珍贵的人间

人类和植物一样幸福

爱情和雨水一样幸福

你的手

北方

拉着你的手

手

摘下手套

她们就是两盏小灯

我的肩膀

是两座旧房子

容纳了那么多

甚至容纳过夜晚

你的手

在他上面

把他们照亮

于是有了别后的早上

在晨光中

我端起一碗粥

想起隔山隔水的

北方

有两盏灯

只能远远地抚摸

得不到你

得不到你

我用河水做成的妻子

得不到你

我的有弱点的妇女

得不到你

妻子滑动河水

情意泥沙俱下

其余的家庭成员俯伏在锅勺上

得不到你

有弱点的爱情

1985.11.11

我们确实被太阳烤焦,秋天内外

我不能再保护自己

我不能再

让爱情随便受伤

得不到你

但我同时又在秋天成亲

歌声四起

中　午

中午是一丛美丽的树枝

中午是一丛眼睛画成的树枝

看着你

看着你从门前走过

或是走进我的门

走进门

你在

你在一生的情义中

来到

落下布帆

仿佛水面上我握住你的手指

1985.01.26 半夜

(手指

是船)

心上人

爱着,第一次

都很累,船

泊在整个清澈的中午

"你喝水吧

我给你倒了

一碗水"

写字间里

中午是一丛眼睛画成的

看着你

北方门前

北方门前

一个小女人

在摇铃

我愿意

愿意像一座宝塔

在夜里悄悄建成

晨光中她突然发现我

她眯起眼睛

她看得我浑身美丽

写给脖子上的菩萨

呼吸,呼吸

我们是装满热气的

两只小瓶

被菩萨放在一起

菩萨是一位很愿意

帮忙的

东方女人

一生只帮你一次

这也足够了

通过她

也通过我自己

双手碰到了你，你的

呼吸

两片抖动的小红帆

含在我的唇间

菩萨知道

菩萨住在竹林里

她什么都知道

知道今晚

知道一切恩情

知道海水是我

洗着你的眉

知道你就在我身上呼吸

，呼吸[1]

菩萨愿意

菩萨心里非常愿意

就让我出生

让我长成的身体上

挂着潮湿的你

---

[1] 原文如此。

粮 食

埋着猎人的山冈

是猎人生前唯一的粮食

粮食

是图画中的妻子

西边山上

九只母狼

东边山上

一轮月亮

反复抱过的妻子是枪

枪是沉睡爱情的村庄

我请求:雨

我请求熄灭

生铁的光、爱人的光和阳光

我请求下雨

我请求

在夜里死去

我请求在早上

你碰见

埋我的人

岁月的尘埃无边

秋天

我请求:

1985.03

下一场雨

洗清我的骨头

我的眼睛合上

我请求：

雨

雨是一生过错

雨是悲欢离合

打　钟

打钟的声音里皇帝在恋爱

一枝火焰里

皇帝在恋爱

恋爱，印满了红铜兵器的

神秘山谷

又有大鸟扑钟

三丈三尺翅膀

三丈三尺火焰

打钟的声音里皇帝在恋爱

打钟的黄脸汉子

吐了一口鲜血

打钟,打钟

一只神秘生物

头举黄金王冠

走于大野中央

"我是你爱人

我是你敌人的女儿

我是义军的女首领

对着铜镜

反复梦见火焰"

钟声就是这枝火焰

在众人的包围中

苦心的皇帝在恋爱

莲界慈航

七叶树下

九根香

照见菩萨的

第一次失恋

你盘坐莲花

女友像鱼

游过钟的身边

我警告你

要假设一个情人

莲花轻轻摇动

你不需要香火

你知道合掌无用

没有一位好心肠的男青年

偷偷送来鞋子

你盘坐莲花

对面墙壁上

爱情是两只老虎

如果你愿意

爱情确实是老虎

莲花轻轻摇动

城　里

面对棵棵绿树

坐着

一动不动

汽车声音响起在

脊背上

我这就想把我这

盖满落叶的旧外套

寄给这城里

任何一个人

这城里

有我的一份工资

有我的一份水

这城里

我爱着一个人

我爱着两只手

我爱着十只小鱼

跳进我的头发

我最爱煮熟的麦子

谁在这城里快活地走着

我就爱谁

九盏灯(组诗)

1- 少年儿子怀孕

呕吐的儿子　低音的鼓

伏在海水深处

而离你身体更近①

也就胀破了大地

一片草蛾

青草破了

他破在一朵怀孕的花上

---

① 原稿中"身体"写成"离体"。

2-月　亮

海底下的大火，经过山谷中的月亮

经过十步以外的少女

风吹过月窟

少女在木柴上

每月一次，发现鲜血

海底下的大火咬着她的双腿

我看见远离大海的少女

脸上大火熊熊

八月的月窟同样大火熊熊

背负积水的少女走进痛苦的树林

那鲜血淋注的木柴排成的漆黑的树林

3- 初 恋

在月亮上我双手捂住眼睛

在水滴中我双手捂住眼睛

月亮上一个丫头昏睡不醒

月亮上一个丫头明亮的眼睛

月亮上我披衣坐起　身如水滴

4 - 失恋之夜

我轻轻走过去关上窗户

我的手扶着自己　像清风扶着空空的杯子

我摸黑坐下　询问自己

杯中幸福的阳光如今何在?

我脱下破旧的袜子

想一想明天的天气

我的名字躺在我身边

像我重逢的朋友

我从没有像今夜这样珍惜自己

春 天

你迎面走来

冰消雪融

你迎面走来

大地微微颤栗

大地微微颤栗

曾经饱经忧患

在这个节日里

你为什么更加惆怅

野花是一夜喜筵的酒杯

野花是一夜喜筵的新娘

野花是我包容新娘

的彩色屋顶

白雪抱你远去

全凭风声默默流逝

春天啊

春天是我的品质

八月的泉水,
穿越了山冈
1986

无 题

给我粮食

给我婚礼

给我星辰和马匹

给我歌曲

给我安息!

我的生日

这是位美丽的

折磨人的女俘虏

坐在故乡的打麦场上

在月光下

使村子里的二流子

如痴如醉!

歌:阳光打在地上

阳光打在地上

并不见得

我的胸口在疼

疼又怎样

阳光打在地上

这地上

有人埋过羊骨

有人运过箱子、陶瓶和宝石

有人见过牧猪人,那是长久的漂流之后

阳光打在地上,阳光依然打在地上

这地上

少女们多得好像

我真有这么多女儿

真的曾经这样幸福

用一根水勺子

用小豆、菠菜、油菜

把她们养大

阳光打在地上

在昌平的孤独

孤独是一只鱼筐

是鱼筐中的泉水

放在泉水中

孤独是泉水中睡着的鹿王

梦见的猎鹿人

就是那用鱼筐提水的人

以及其他的孤独

是柏木之舟中的两个儿子

和所有女儿，围着诗经桑麻沅湘木叶

在爱情中失败

他们是鱼筐中的火苗

沉到水底

拉到岸上还是一只鱼筐

孤独不可言说

半截的诗

你是我的

半截的诗

半截用心爱着

半截用肉体埋着

你是我的

半截的诗

不许别人更改一个字

爱情诗集

坐在烛台上

我是一只花圈

想着另一只花圈

不知道何时献上

不知道怎样安放

幸福(或我的女儿叫波兰)①

当我俩同在草原晒黑

是否饮下这最初的幸福　最初的吻

当云朵清楚极了

听得见你我嘴唇

这两朵神秘火焰

这是我母亲给我的嘴唇

这是你母亲给你的嘴唇

---

① 海子喜欢"波兰"一词,"女儿叫波兰"并无特别所指。

我们合着眼睛共同啜饮

像万里洁白的羊群共同啜饮

当我睁开双眼

你头发散乱

乳房像黎明的两只月亮

在有太阳的弯曲的木头上

晾干你美如黑夜的头发

我的窗户里埋着

一只为你祝福的杯子

那是我最后一次想起的中午

那是我沉下海水的尸体

回忆起的一个普通的中午

记得那个美丽的

穿着花布的人

抱着一扇木门

夜里被雪漂走

梦中的双手

死死捏住火种

八条大水中

高喊着爱人

小林神,小林神

你在哪里

八月尾

即使我是一个粗枝大叶的人

我也看见了红豹子、绿豹子

当流水淙淙

八月的泉水

穿越了山冈

月亮是红豹子

树林是绿豹子

少女是你们俩

生下的花豹子

即使我是一个粗枝大叶的人

少女,树林中

你也藏不住了

八月尾,树林绿,月亮红

不久我将看到树叶落了

栗树底下

脊背上挂着鹌鹑的人

少女,无论如何

粗枝大叶的人

看见你啦

葡萄园之西的话语

也好

我感到

我被抬向一面贫穷而圣洁的雪地

我被种下,被一双双劳动的大手

仔仔细细地种下

于是,我感到所罗门的帐幔被一阵南风掀开

所罗门的诗歌

一卷卷

滚下山腰

如同泉水

打在我脊背上

涧中黑而秀美的脸儿

在我的心中埋下。也好

我感到我被抬向一面贫穷而圣洁的雪地

你这女子中极美丽的,你是我的棺材,我是你的棺材

感 动

早晨是一只花鹿

踩到我额上

世界多么好

山洞里的野花

顺着我的身子

一直烧到天亮

一直烧到洞外

世界多么好

而夜晚,那只花鹿

的主人,早已走入

土地深处,背靠树根

在转移一些

你根本无法看见的幸福

野花从地下

一直烧到地面

野花烧到你脸上

把你烧伤

世界多么好

早晨是山洞中

一只踩人的花鹿

肉 体(之二)

肉体美丽

肉体是树林中

唯一活着的肉体

肉体美丽

肉体,远离其他的财宝

远离其他的神秘兄弟

肉体独自站立

看见了鸟和鱼

肉体睡在河水两岸

雨和森林的新娘

睡在河水两岸

垂着谷子的大地上

太阳和肉体

一升一落,照耀四方

像寂静的

节日的

财宝和村庄

照耀

只有肉体美丽

野花,太阳明亮的女儿

河川和忧愁的妻子

感激肉体来临

感激灵魂有所附丽

(肉体是野花的琴

盖住骨骼的酒杯)

感激我自己沉重的骨骼

也能做梦

肉体是河流的梦

肉体看见了采茴香的人迎着泉水

肉体美丽

肉体是树林中

唯一活着的肉体

死在树林里

迎着墓地

肉体美丽

大自然

让我来告诉你

她是一位美丽结实的女子

蓝色小鱼是她的水罐

也是她脱下的服装

她会用肉体爱你

在民歌中久久地爱你

你上上下下瞧着

你有时摸到了她的身子

你坐在圆木头上亲她

每一片木叶都是她的嘴唇

但你看不见她

你仍然看不见她

她仍在远处爱着你

海子小夜曲

以前的夜里我们静静地坐着

我们双膝如木

我们支起了耳朵

我们听得见平原上的水和诗歌

这是我们自己的平原,夜晚和诗歌

如今只剩下我一个

只有我一个双膝如木

只有我一个支起了耳朵

只有我一个听得见平原上的水

  诗歌中的水

在这个下雨的夜晚

如今只剩下我一个

为你写着诗歌

这是我们共同的平原和水

这是我们共同的夜晚和诗歌

是谁这么说过　海水

要走了　要到处看看

我们曾在这儿坐过

莫扎特在《安魂曲》中说

我所能看见的妇女

水中的妇女

请在麦地之中

清理好我的骨头

如一束芦花的骨头

把它装在琴箱里带回

我所能看见的

洁净的妇女,河流

上的妇女

请把手伸到麦地之中

当我没有希望

坐在一束麦子上回家

请整理好我那零乱的骨头

放入那暗红色的小木柜,带回它

像带回你们富裕的嫁妆

给你

（组诗）

1 -

在赤裸的高高的草原上

我相信这一切:

我的脚,一颗牝马的心

两道犁沟,大麦和露水

在那高高的草原上,白云浮动

我相信天才,耐心和长寿

我相信有人正慢慢地艰难地爱上我

别的人不会,除非是你

我俩一见钟情

在那高高的草原上

赤裸的草原上

我相信这一切

我相信我俩一见钟情

2-

我爱你

跑了很远的路

马睡在草上

月亮照着他的鼻子

3 -

爱你的时刻

住在旧粮仓里

写诗在黄昏

我曾和你在一起

在黄昏中坐过

在黄色麦田的黄昏

在春天的黄昏

我该对你说些什么

黄昏是我的家乡

你是家乡静静生长的姑娘

你是在静静的情义中生长

没有一点声响

你一直走到我心上

4 –

当她在北方草原摘花的时候

我的双手驶过南方水草

用十指拨开

寂寞的家门

她家木门下几个姐妹的脸

亲人的脸

像南方的雨

真正的雨水

落在我头上

5 -

冬天的人

像神祇一样走来

因为我在冬天爱上了你

谣 曲（四首）

之一

你是我的哥哥你招一招手

你不是我的哥哥你走你的路

小灯，小灯，抬起他埋下的眼睛

你的树丛大而黑

你的辕马不安宁

你的嘴唇有野蜜

你是丈夫——还是兄弟

小灯，小灯，抬起他埋下的眼睛

你是我的哥哥你招一招手

你不是我的哥哥你走你的路

之二

白鸽，白鸽

扎好我的头巾

风吹着你们的身子

像吹我白色头巾

白鸽白鸽你别说

美丽的脑袋小太阳

到了黑夜变月亮

白鸽白鸽你别说

之三

南风吹木

吹出花果

我要亲你

花果咬破

之四

月亮月亮慢慢亮

照着一只木头床

河流河流快快流

渡过我的心头肉

白马过河一片白

黑马过河一片黑

这一条河流

总是心头的河流

白马过河是月圆

黑马过河是月残

这一只月亮

总是床头的月亮

给 B 的生日 [①]

天亮我梦见你的生日

好像羊羔滚向东方

—— 那太阳升起的地方

黄昏我梦见我的死亡

好像羊羔滚向西方

—— 那太阳落下的地方

[①] B 为海子初恋的女友，中国政法大学 1983 级学生。

秋天来到，一切难忘

好像两只羊羔在途中相遇

在运送太阳的途中相遇

碰碰鼻子和嘴唇

—— 那友爱的地方

那秋风吹凉的地方

那片我曾经吻过的地方

我感到魅惑

天上的音乐不会是手指所动

手指本是四肢安排的花豆

我的身子是一份甜蜜的田亩

我感到魅惑

我就想在这条魅惑之河上渡过我自己

我的身子上还有拔不出的春天的钉子

我感到魅惑

美丽女儿,一流到底

水儿仍旧从高向低

坐在三条白蛇编成的篮子里

我有三次渡过这条河

我感到流水滑过我的四肢

一只美丽鱼婆做成我缄默的嘴唇

我看见,风中飘过的女人

在水中产下卵来

一片霞光中露出来的长长的卵

我感到魅惑

满脸草绿的牛儿

倒在我那牧场的门厅

我感到魅惑

有一种蜂箱正沿河送来

蜂箱在睡梦中张开许多鼻孔

有一只美丽的鸟面对树枝而坐

我感到魅惑

我感到魅惑

小人儿,既然我们相爱

我们为什么还在河畔拔柳哭泣

北斗七星　七座村庄

——献给萍水相逢的额济纳姑娘

村庄　水上运来的房梁　漂泊不定

还有十天　我就要结束漂泊的生涯

回到五谷丰盛的村庄　废弃果园的村庄

村庄　是沙漠深处你所居住的地方　额济纳！

秋天的风早早地吹　秋天的风高高地吹

静静面对额济纳

白杨树下我吹灭你的两只眼睛

额济纳　大沙漠上静静地睡

额济纳姑娘　我黑而秀美的姑娘

你的嘴唇在诉说　在歌唱

五谷的风儿吹过骆驼和牛羊

翻过沙漠　你是镇子上最令人难忘的姑娘

黄金草原

草原上的羊群

在水泊上照亮了自己

像白色温柔的灯

睡在男人怀抱中

而牧羊人来自黄金草原

头颅像一颗树根

把羊抱进谷仓里

然后面对黄金和酒杯

称呼你为女人

女人,我知心的朋友

风吹来风吹去

你如星的名字

或者羊肉的腥

你在山崖下睡眠

七只绵羊七颗星辰

你含在我口中似雪未化

你是天空上的羊群

七月不远

——给青海湖,请熄灭我的爱情

七月不远

性别的诞生不远

爱情不远 —— 马鼻子下

湖泊含盐

因此青海不远

湖畔一捆捆蜂箱

使我显得凄凄迷人:

青草开满鲜花

青海湖上

我的狐独如天堂的马匹

(因此,天堂的马匹不远)

我就是那个情种:诗中吟唱的野花

天堂的马肚子里唯一含毒的野花

(青海湖,请熄灭我的爱情!)

野花青梗不远,医箱内古老姓氏不远

(其他的浪子,治好了疾病

已回原籍,我这就想去见你们)

因此跋山涉水死亡不远

骨骼挂遍我身体

如同蓝色水上的树枝

啊，青海湖，暮色苍茫的水面

一切如在眼前!

只有五月生命的鸟群早已飞去

只有饮我宝石的头一只鸟早已飞去

只剩下青海湖，这宝石的尸体

    暮色苍茫的水面①

---

① 原文如此。

云　朵

西藏村庄

神秘的村庄

忧伤的村庄

你躺倒在路上

你不姓李也不姓王

你嫁给的男人

脾气怎么样

神秘的村庄

忧伤的村庄

你生了几个儿子

有哪些闺女已嫁到远方

神秘的村庄

忧伤的村庄

当经幡吹响

你多像无人居住的村庄

当经幡五颜六色如我受伤的头发迎风飘扬

你多像无人居住的村庄

当藏族老乡亲在屋顶下酣睡

你多像无人居住的村庄

像周围的土墙画满慈祥的佛像

你多像无人居住的村庄

九 月

目击众神死亡的草原上野花一片

远在远方的风比远方更远

我的琴声呜咽　泪水全无

我把这远方的远归还草原

一个叫马头　一个叫马尾

我的琴声呜咽　泪水全无

远方只有在死亡中凝聚野花一片

明月如镜高悬草原映照千年岁月

我的琴声呜咽　泪水全无

只身打马过草原

我有三次受难：
流浪、爱情、生存
1987

给安庆

五岁的黎明

五岁的马

你面朝江水

坐下

四处漂泊

向不谙世事的少女

向安庆城中心神不定的姨妹

打听你,谈论你

可能是妹妹

也可能是姐姐

可能是姻缘

也可能是友情

野　花

野花

和平与情歌

的村庄

女儿的女儿

野花

中国丁香的少女!

在林中酣睡

长发似水

容貌美丽无比

你是囚禁在一颗褐色星球上孤独的情人!

野兽的琴

各色小鸟秘密的隐衷

大地彩色的屋顶

太小太美

如心

心啊

雨和幸福

的女儿

水滴爱你

伴侣爱你

我爱你

野花自己也爱你

日 出

—— 见于一个无比幸福的早晨的日出

在黑暗的尽头

太阳,扶着我站起来

我的身体像一个亲爱的祖国,血液流遍

我是一个完全幸福的人

我再也不会否认

我是一个完全的人我是一个无比幸福的人

我全身的黑暗因太阳升起而解除

我再也不会否认　天堂和国家的壮丽景色

和她的存在……在黑暗的尽头!

1987.08.30 醉后早晨

长发飞舞的姑娘(五月之歌)

玫瑰谢了,玫瑰谢了

如早嫁的姐妹飘落,飘落四方

我红色的姐姐,我白色的妹妹

大地和水挽留了她们　熄灭了她们

她们黯然熄灭,永远沉默却是为何?

姐妹们,你们能否告诉我

你们永久的沉默是为了什么

长发飞舞的黑眼睛姑娘

不像我的姐姐　也不像妹妹

不似早嫁的姐妹迟迟不归

如今我坐在街镇的一角

为你歌唱，远离了五谷丰盛的村庄

灯

我们坐在灯上

我们火光通明

我们做梦的胳膊搂在一起

我们栖息的桌子飘向麦地

我们安坐的灯火涌向星辰

灯光,我明丽又温暖

的橘黄的雪

披上新娘的微黄的发辫

（灯

只有你

你仿佛无鞋

你总是行色匆匆）

灯,你的名字

掌在我手上

灯,月亮上

亮起的心

和眼睛

灯

躲在山谷

躲在北方山顶的麦地

灯啊

我们做梦的房子飘向麦田

桌子上安放求婚的杯盏

祈求和允诺的嘴唇

是灯

灯

一丛美丽

暖和

一个名字

我的秘密

我的新娘

叫小灯

灯

明天的雪中新娘

安坐在屋中

你为什么无鞋

你为什么

竖起一根通红的手指

挡住出嫁日期

献 诗

——给 S

谁在美丽的早晨

谁在这一首诗中

谁在美丽的火中　飞行

并对我有无限的赠予

谁在炊烟散尽的村庄

谁在晴朗的高空

天上的白云

是谁的伴侣

1987.02.11

谁身体黑如夜晚　　两翼雪白

在思念　在鸣叫

谁在美丽的早晨

谁在这一首诗中

十四行:王冠

我所热爱的少女

河流的少女

头发变成了树叶

两臂变成了树干

你既然不能做我的妻子

你一定要成为我的王冠

我将和人间的伟大诗人一同佩戴

用你美丽叶子缠绕我的竖琴和箭袋

秋天的屋顶　时间的重量

秋天又苦又香

使石头开花　像一顶王冠

秋天的屋顶又苦又香

空中弥漫着一顶王冠

被劈开的月桂和扁桃的苦香

十四行：玫瑰花

玫瑰花　蜜一样的身体

玫瑰花园　黑夜一样的头发

覆盖了白雪隆起的乳房

白雪的门　白雪的门外被白雪盖住的两只酒盅

白雪的窗户　白雪的窗内两只火红的玫瑰谷

或两只火红的蜡烛……热情的蜡烛自行燃尽

两只丁当作响的酒盅……热情的酒浆被我啜饮

在秋天我感到了　你的乳房　你的蜜

像夏天的火　春天的风　落在我怀里

像太阳的蜂群落入黑夜的酒浆

像波斯古国的玫瑰花园　使人魂归天堂

肉体却必须永远活在设拉子①

—— 千年如斯

玫瑰花 你蜜一样的身体

---

① 设拉子,一译舍拉子,波斯(今伊朗)地名。

十四行：玫瑰花园

明亮的夜晚

我来到玫瑰花园

我脱下诗歌的王冠

和沉重的土地的盔甲

玫瑰花园　玫瑰花园

我们住在绝色美人的身旁　仿佛住在月亮上

我们谈论佛光中显出的美丽身影

和雪水浇灌下你的美丽的家园

我们谈到但丁　和他的永恒的贝亚德丽丝

以及天国、通往那儿永恒的天路历程

四川，我诗歌中的玫瑰花园

那儿诞生了你 —— 像一颗早晨的星那样美丽

明亮的夜晚　多么美丽而明亮

仿佛我们要彻夜谈论玫瑰直到美丽的晨星升起。

秋

秋天深了,神的家中鹰在集合

神的故乡鹰在言语

秋天深了,王在写诗

在这个世界上秋天深了

该得到的尚未得到

该丧失的早已丧失

为什么你不生活在沙漠上

为什么你不生活在沙漠上

英雄的可怜而可爱的伴侣

我那唯一人在何方?

用酒调着火所能留下的灰　写下几首诗?

我的形象开始上升

主宰着你的心灵!

孤独守候着

一个健康的声音!

绝望之神　你在何方?

为什么你不生活在沙漠上!

我是谁手里磨刀的石块?

1987.05.27 夜书

我为何要把赤子带进海洋

海子躺在地上

天空上

海子的两朵云

说:

你要把事业留给兄弟　留给战友

你要把爱情留给姐妹　留给爱人

你要把孤独留给海子　留给自己

眺望北方

我在海边为什么却想到了你

不幸而美丽的人　我的命运

想起你　我在岩石上凿出窗户

眺望光明的七星

眺望北方和北方的七位女儿

在七月的大海上闪烁流火

为什么我用斧头饮水　饮血如水

却用火热的嘴唇来眺望

用头颅上鲜红的嘴唇眺望北方

也许是因为双目失明

1987.07 草稿　1988.03 改

那么我就是一个盲目的诗人

在七月的最早几天

想起你　我今夜跑尽这空无一人的街道

明天，明天起来后我要重新做人

我要成为宇宙的孩子　世纪的孩子

挥霍我自己的青春

然后放弃爱情的王位

　　　去做铁石心肠的船长

走遍一座座喧闹的都市

　　　我很难梦见什么

除了那第一个七月,永远的七月

七月是黄金的季节啊

当穷苦的人在渔港里领取工钱

我的七月萦绕着我,像那条爱我的孤单的蛇

——她将在痛楚苦涩的海水里度过一生

夜 色

在夜色中

我有三次受难:流浪、爱情、生存

我有三种幸福:诗歌、王位、太阳

1988.02.28 夜

跳伞塔

我在一个北方的寂寞的上午

一个北方的上午

思念着一个人

我是一些诗歌草稿

你是一首诗

我想抱着满山火红的杜鹃花

走入静静的跳伞塔

我清楚地意识到

前面就是一条大河

和一个广大的北方草原

美丽总是使我沉醉

已经有人

开始照耀我

在那偏僻拥挤的小月台上

你像星星照耀我的路程

在这座山上

为什么我只看见这么一棵

美丽的杜鹃?

我只看见这么一棵

果然火红而美丽

我在这个夜晚

我住在山腰

房子里

我的前面充满了泉水

或溪涧之水的声音

静静的跳伞塔

心醉的屋子　你打开门

让我永远在这幸福的门中

北方　那片起伏的山峰

远远的

只有九棵树

冬　天

*

火的叫声传来

火的叫声微弱

山坡上牛羊拥挤

想起你使我眩晕

*

英雄的猎人

拥着一家酒店

坐在白雪中

心中的黑夜寒冷

1988.02.10 故乡

*

在黑夜里为火写诗

在草原上为羊写诗

在北风中为南风写诗

在思念中为你写诗

*

夜的中心幽暗

边缘发亮　寒冷

这是　火儿

照亮雪山和马

*

大地薄弱

两端锋利

使中心幽暗

难以分辨

日 记

姐姐,今夜我在德令哈,夜色笼罩

姐姐,我今夜只有戈壁

草原尽头我两手空空

悲痛时握不住一颗泪滴

姐姐,今夜我在德令哈

这是雨水中一座荒凉的城

除了那些路过的和居住的

德令哈……今夜

这是唯一的,最后的,抒情。

这是唯一的,最后的,草原。

我把石头还给石头

让胜利的胜利

今夜青稞只属于她自己

一切都在生长

今夜我只有美丽的戈壁　空空

姐姐，今夜我不关心人类，我只想你

面朝大海,春暖花开

从明天起,做一个幸福的人

喂马,劈柴,周游世界

从明天起,关心粮食和蔬菜

我有一所房子,面朝大海,春暖花开

从明天起,和每一个亲人通信

告诉他们我的幸福

那幸福的闪电告诉我的

我将告诉每一个人

给每一条河每一座山取一个温暖的名字

陌生人,我也为你祝福

愿你有一个灿烂的前程

愿你有情人终成眷属

愿你在尘世获得幸福

我只愿面朝大海,春暖花开

四姐妹

荒凉的山冈上站着四姐妹

所有的风只向她们吹

所有的日子都为她们破碎

空气中的一棵麦子

高举到我的头顶

我身在这荒芜的山冈

怀念我空空的房间,落满灰尘

我爱过的这糊涂的四姐妹啊

光芒四射的四姐妹

夜里我头枕卷册和神州

想起蓝色远方的四姐妹

1989.02.23

我爱过的这糊涂的四姐妹啊

像爱着我亲手写下的四首诗

我的美丽的结伴而行的四姐妹

比命运女神还要多出一个

赶着美丽苍白的奶牛　走向月亮形的山峰

到了二月，你是从哪里来的

天上滚过春天的雷，你是从哪里来的

不和陌生人一起来

不和运货马车一起来

不和鸟群一起来

四姐妹抱着这一棵

一棵空气中的麦子

抱着昨天的大雪,今天的雨水

明日的粮食与灰烬

这是绝望的麦子

请告诉四姐妹:这是绝望的麦子

永远是这样

风后面是风

天空上面是天空

道路前面还是道路

黎明和黄昏

——两次嫁妆,两位姐妹

黄昏自我断送

夜色美好

夜色在山上越长越大

马与羊　钻出石头　在山上越长越大

白雪飘落　在这个黄昏

向我隐隐献出

她们自己

我的秘密的女神

我该用怎样的韵律

告诉你,侍奉你

我该用怎样的流血

在山头舔好自己的伤口

了望一望无际的大地

以此慰藉

以"遗忘"为伴侣

我将把自己带出那些可以辨认嘴脸的火把之光

从此踏上无可救药的道路

把肉体当作草原上最后的帐篷

那些神秘的编织女人

纺轮被黄昏的天空映得泛红

血液颜色的轮轴　一夜作响

我屈从于她们

死于剑下的晚霞的姐妹

在夜色中起飞

我屈从于黄昏秘密的飞行

肉体回到黑夜的高空

两半血红的月亮抱在一起

迟至今日

我仍难以诉说

那些背叛父母和家园

却热爱生活的人

为什么要和我结伴上路

我的青春　我的几卷革命札记

被道路上的难民镌刻在一只乞讨生活的木碗上

那只碗曾盛过殷红如血的晚霞和往日一切生活

在死到临头

他是否摔碎

还是留传孩子

晚霞燃烧

厄运难逃

我在人生的尽头

抱住一位宝贵的诗人痛哭失声

却永远无法更改自己的命运

我就是那位被人拥抱的诗人

宝贵的诗人

看见晚霞映照草原

内心痛苦甚于别人

人类犹如黄昏和夜晚的灰烬

散布在河畔　忧伤疲倦

人类犹如火种的脚　在大地上行走

晚霞充满大火

和焦味。一望无际

伸展在平原和荒凉的海滩

两半血红的月亮抱在一起

那是诗人孤独的王座

愿有情人终成眷属

愿麦子和麦子长在一起

愿河流与河流流归一处

浩瀚无际的河水顺着夜色流淌

神秘的流浪国王

在夜色中回到故乡

城市破碎

流浪的国王

我为你歌唱

夜色使平原广大　使北方无限　使烈火吹遍

把北方无尽的黄昏抬向滚滚高空

黎明更高　铺在海洋上

献给太平洋

我的婚礼染红太平洋

我的新娘是太平洋

连亚洲也是我悲伤而平静的新娘

你自己的血染红你内部孤独的天空

上帝悲伤的新娘,你自己的血染红

天空,你内部孤独的海洋

你美丽的头发

像太平洋的黄昏

献　诗

废弃不用的地平线

为我在草原和雪山升起

脚下尘土黑暗而温暖

大地也将带给我天堂的雷电

家乡的屋顶下摆满了结婚的酒席

陪伴我的全是海水和尘土,全是乡亲

今天,太阳的新娘就是你

太平洋上唯一的人,远在他方

代后记

春天,十个海子

春天,十个海子全部复活
在光明的景色中
嘲笑这一个野蛮而悲伤的海子
你这么长久地沉睡究竟为了什么?

春天,十个海子低低地怒吼
围着你和我跳舞、唱歌
扯乱你的黑头发,骑上你飞奔而去,尘土飞扬
你被劈开的疼痛在大地弥漫

在春天,野蛮而悲伤的海子
就剩下这一个,最后一个
这是一个黑夜的孩子,沉浸于冬天,倾心死亡
不能自拔,热爱着空虚而寒冷的乡村

那里的谷物高高堆起,遮住了窗户
他们把一半用于一家六口人的嘴,吃和胃
一半用于农业,他们自己的繁殖
大风从东刮到西,从北刮到南,无视黑夜和黎明
你所说的曙光究竟是什么意思

图书在版编目（CIP）数据

我的孤独如天堂的马匹：海子情诗 / 海子著. — 成都：天地出版社，2019.3
ISBN 978-7-5455-4374-2

Ⅰ.①我… Ⅱ.①海… Ⅲ.①诗集—中国—当代 Ⅳ.①I227

中国版本图书馆CIP数据核字（2018）第261098号

我的孤独如天堂的马匹：海子情诗
WO DE GUDU RU TIANTANG DE MAPI : HAIZI QINGSHI

出品人	杨 政
著 者	海 子
责任编辑	孟令爽
装帧设计	今亮后声
内文插图	麦绥莱勒 今亮后声
责任印制	葛红梅
出版发行	天地出版社 （成都市槐树街2号 邮政编码：610014）
网 址	http://www.tiandiph.com http://www.天地出版社.com
电子邮箱	tiandicbs@vip.163.com
经 销	新华文轩出版传媒股份有限公司
印 刷	山东临沂新华印刷物流集团有限责任公司
版 次	2019年3月第1版
印 次	2019年3月第1次印刷
成品尺寸	130mm×210mm 1/32
印 张	6
字 数	132千
定 价	48.00元
书 号	ISBN 978-7-5455-4374-2

版权所有◆违者必究
咨询电话：（028）87734639（总编室）
购书热线：（010）67693207（市场部）

本版图书凡印刷、装订错误，可及时向我社发行部调换